Zeller

Friederike-Lia

Macchiato Verlag

ISBN 978-3940721-12-9

07745 Jena
www.macchiato-verlag.de
www.macchiato-shop.de
info@macchiato-verlag.de
Druck: Buchfabrik Halle

»Das solltest du lieber nicht tun.«

»Warum?«

»Das ist das Fahrrad von Friederike-Lia.«
»Jedes Fahrrad gehört jemandem.«
»Glaub mir, du würdest Ärger kriegen.«
»Was heißt das, wird sie sauer, wird sie böse?«

»Nun, das nicht direkt. Aber ...«
»Aber was? Macht sie etwas Schlimmes?«
»Kann man auch nicht so sagen, das ist es ja. Aber jedem, der schlecht zu ihr ist, passiert irgendetwas.«
»Was macht sie denn?«
»Sie macht nichts. Es passiert einfach. Als ob sie mit den dunklen Mächten in Verbindung steht.«
»Mit den dunklen Mächten, schon klar. Du glaubst doch nicht etwa an so was?«
»Nein, natürlich nicht. Aber trotzdem. Es ist einfach immer so, niemand weiß warum.«
»Das ist doch Unsinn. Ich bin sicher, wenn man nur genau hinschaut, sieht man, was geschieht.«
»Das wollen wir mal sehen.«
»Ich glaube nur, was ich mit eigener Nase rieche.«

»He, was war das, hast du das gesehen?«
»Der Typ hätte sie beinah angefahren! Sie hatte eindeutig Vorfahrt.«
»Genau. Friederike-Lia, schreib die Nummer von dem Kerl auf, schnell. Worauf wartet sie?«
»Sie fährt einfach weiter, sie hat sich schon wieder gefasst.«
»Bemerkenswert.«
»Aber irgendetwas kommt noch. Warte nur ab.«

»Da! Der Kerl wurde geblitzt, er ist in die Radarfalle gefahren.«
»Geschieht ihm recht.«
»Siehst du, das meine ich, das ist doch seltsam?«
»Ich verstehe nicht, was du meinst.«
»Das ist genau so ein Fall, das passiert immer. Der war schlecht zu ihr, und er bekommt eine Strafe.«
»Moment, Moment. Er wurde geblitzt, weil er zu schnell gefahren ist. Weiter nichts.«
»Das kann doch kein Zufall sein.«
»Doch, genau das ist es.«

»Es sieht aus wie ein Zufall.«
»Weil es einer ist. Wenn du einen Zusammenhang herstellen willst, dann den, dass er ein miserabler Autofahrer ist und aus demselben Grund, aus dem er ihr die Vorfahrt genommen hat, beim Rasen erwischt wurde. Genaugenommen ist er für die Sache an der Kreuzung ungeschoren davongekommen.«
»Ach ja? Und dass da eine Polizeikontrolle mit Radarfalle stand, wo sonst nie eine steht, ist auch purer Zufall?«
»Ganz genau.«

»Der hat sie angerempelt. Das war aber unsportlich.«
»Foul! Foul!«
»Stimmt. Hab ich genau gesehen. Und jetzt stellt der sich noch verletzt.«
»Und der Schiedsrichter? Hat nichts gesehen.«
»Oder wollte nicht.«
»Das gibt's doch nicht.«
»Ach na ja, so was kommt doch dauernd vor.«
»Worauf wartet sie? Warum sagt sie nichts?«
»Sie spielt einfach weiter. Aber ich sage dir, das war noch nicht alles.«

»Das Spiel ist aus, und nichts ist passiert. Das gefällt mir nicht. Nach deiner Theorie hätte es für das Foul eine Strafe geben müssen. Aber der Sportlehrer hat den nicht einmal verwarnt.«
»Ja, hat er nicht.«
»Also gibst du zu, dass hier kein Ausgleich geschehen ist?«
»Vielleicht, weil es Sport ist. Ein Spiel. Kann sein, dass es da nicht wirkt. Gerade beim Fußball, da muss man mit so was rechnen.«
»Ach ja? Beim Sport muss man mit unsportlichem Verhalten rechnen? Wozu dann noch Foul-Regeln? Nein, ich hätte es dir ja noch geglaubt, wenn der meinetwegen später im Spiel auch noch gefoult worden wäre. Oder wenn ihn der Sportlehrer für etwas anderes bestraft hätte. Dann hättest du sagen können: Hier bitte, wieder ist es geschehen.«
»Dann war das wohl ein schlechtes Beispiel.«
»Auch ein schlechtes Beispiel gilt.«

»Da, der sie angerempelt hat ...«
»Was ist mit ihm?«
»Sein Schlüssel ist weg. Er hat ihn wahrscheinlich auf dem Fußballplatz verloren.«
»Vielleicht beim Foul?«
»Schon möglich. Jetzt muss er noch mal zurück und den Platz absuchen.«
»Du willst aber nicht behaupten, das wäre die Strafe?«
»Das ist sie, erkennst du das nicht?«
»Hör aber auf. Was soll denn das für eine Bestrafung sein, jemand verliert seinen Schlüssel? Dann müssten schon alle Fußballspieler vorher wissen, für ein Foul gibt es entweder eine gelbe Karte oder man kann sich nicht umziehen.«
»Ich sag ja, es ist seltsam. Friederike-Lia jedenfalls scheint sich darauf zu verlassen, dass so was geschieht, sonst würde sie nie so ruhig mit solchen Sachen umgehen.«
»Gut, sie ist lässig. Sie kann warten.«

»Was war das, wer hat geschrien?«
»Da ist eine vor einer Maus erschrocken.«
»Na, es gibt also auch noch Vorkommnisse, die nicht wegen Friederike-Lia ausgelöst werden.«
»Sag das nicht, die hat letztens Friederike-Lia angelogen.«
»Letztens? Manchmal dauert es wohl länger? Also bitte! Eine Schreckmaus als Revanche. Erfährt Friederike-Lia überhaupt davon? Sei nicht albern. Es wäre verrückt, sich hier einen Zusammenhang einzureden. Na gut, einen gibt es: Wer lügt, ist schreckhafter.«

»Dort geht der Sportlehrer. Der nichts bemerkt haben wollte.«
»Sein Telefon klingelt.«
»Es ist die Mathelehrerin. Sie waren verabredet, aber sie sagt ab. Sie will nicht mehr.«
»Pech für ihn.«
»Nicht wahr?«
»Jetzt weiß ich, dass du spinnst. Weil er das Foul nicht sehen wollte? Quatsch. Die Lehrerin hatte sich schon vorher entschieden, mit ihm doch keine Verbindung einzugehen. Dann wäre die Strafe schon vor dem Ereignis eingetreten, für das sie kommt.«
»Ich sage ja gar nicht, dass es Strafen sind. Ich sage, es ist geheimnisvoll, es geschieht den Leuten etwas, die es verdient haben, und Friederike-Lia weiß das.«
»Ja sicher, irgendwann passiert irgendwem irgendetwas. Darauf kann man sich verlassen. Da gibt es kein Geheimnis.«

»Der Eisverkäufer hat ihr falsch 'rausgegeben.«
»Schnell, Friederike-Lia, geh zurück.«
»Zu spät.«
»Da ist sie aber selbst schuld. Sie hätte gleich nachzählen sollen.«
»Das hätte sie, aber schuld ist immer noch der Eisverkäufer. Ich glaube, der hat das mit Absicht gemacht.«
»Dann ist es jetzt sicher Pech für ihn, dass er an Friederike-Lia geraten ist, was? Wird jetzt sein Eis schlecht? Kommt ein Bär und frisst es alles auf?«
»Kann sein.«
»Und wenn schon. Für wen soll das gut sein? Ihr Geld kriegt sie davon auch nicht wieder.«

»Komm, wir gehen, es sieht nach Regen aus.«
»Es wird kalt.«
»Brr. So plötzlich.«
»Der verkauft heute kein Eis mehr.«

»Na bitte.«
»Ach komm, was soll das? Meinst du, sie hat das Wetter unter ihrer Kontrolle? Oder irgendwo sitzt ein Hexenmeister, der für sie die Sache regelt?«
»Weiß nicht.«
»Und ist das nicht etwas überreagiert? Ein Temperatursturz wegen etwas Kleingeld? Und das Wetter betrifft alle, nicht nur den Eisverkäufer.«
»Die anderen Leute scheinen die Abkühlung als ganz angenehm zu empfinden.«

»Und wir? Wir haben denselben Regen. Ich hätte es lieber warm und trocken. Ist das fair? Oder darf ich jetzt etwas anstellen, weil ich ja schon was abgekriegt habe? Gibt es irgendwo noch eine zweite Instanz, bei der man sich beschweren kann?«
»Dir ist die Abkühlung auch ganz recht.«
»Darum geht es doch überhaupt nicht. Du siehst ein Prinzip, wo keins ist, und weißt nicht einmal, welches das sein soll.«
»Ich sehe, dass es da ist. Es wirkt. Das musst du zugeben.«
»Überhaupt nicht.«

»Oder was, wenn sich hinterher herausstellt, dass Friederike-Lia im Unrecht war? Gibt es dann einen Ausgleich, passiert dann das Doppelte an Gutem?«
»Ist noch nicht vorgekommen.«
»Wirklich nicht? Woher willst du das wissen?«
»Ja nun, ich weiß es nicht, ich sehe auch nicht immer zu, was Friederike-Lia gerade macht.«
»Eben. Genau das ist es. Dann siehst du, was du zu wissen glaubst.«
»Nein, du siehst nicht, was du nicht glauben willst.«

»Gut, mal angenommen, es ist so, wie du sagst. Wer Friederike-Lia etwas Böses tut, bekommt es auf irgend eine Weise heimgezahlt. Ist sie denn die einzige, bei der das so läuft, oder gibt es noch mehr?«
»Vielleicht. Wer weiß.«
»Ach was. Und warum ist das dann nicht bei allen so? Das wäre gerecht. So sollte es doch sein, oder? Böses wird bestraft.«
»Ja, so sollte es sein, aber so ist es eben nicht.«
»Aber vielleicht doch, wenn man nur hinschaut? Auf jeden Fall, wenn man es glauben will.«

»Friederike-Lia ist ohne Frage cool. Sie lässt sich nicht ärgern. Das ist alles.«
»Ja, aber das kann man nur, wenn man weiß, warum.«
»Passiert ihr denn nur Schlechtes, ist sie deshalb abgestumpft?«
»Ganz und gar nicht. Die meisten sind nett, und sie ist es auch.«
»Dann ist sie darum so entspannt. Sie lässt sich nicht aus der Bahn werfen.«
»Ja sicher, ja sicher.«
»Und was den Leuten passiert, die nicht nett sind, das sehen wir als Strafe an, dabei sind es ganz normale Vorfälle. Da ist nichts mit dunklen Mächten. Wenn man nur lange genug zuguckt, passieren auch den Netten schlechte Sachen, und die Bösen werden belohnt.«
»Nein, eben nicht.«
»Doch, na klar. Oder passieren nicht auch schlimme Dinge unverdientermaßen?«
»Doch, auch, aber ...«
»Nichts aber, genauso ist es, glaub es nur ...«

»Willst du wissen, wer dir auf den Kopf gemacht hat? Eine Taube.«

»Ach ja, das Fahrrad steht am Baum, auf Bäumen sitzen Tauben. Reine Wahrscheinlichkeit.«

»Sieh doch einfach ein, dass Dinge geschehen, die nicht ins Muster passen.«
»Tue ich. Dazu müssen sie erst einmal geschehen.«
»Es geschehen noch viel seltsamere Dinge. Da gibt es zum Beispiel einen Hund, der spürt, in welchem Flugzeug sein Herrchen angeflogen kommt, oder einen Kraken, der Fußballergebnisse voraussagt.«
»Hast du diese Dinge selbst gesehen?«
»Davon gehört.«
»Ja, es gibt schon seltsame Sachen zu hören, zweifellos.«

»Da! Sieh nur!«
»Die drei Rüpel haben dem Jungen das Handy weggenommen.«
»Sie lassen ihn auch noch danach hüpfen, wie gemein.«
»Er soll weglaufen, bevor sie ihm auch noch die Uhr abnehmen.«
»Da kommt Friederike-Lia.«
»Sie wird vermitteln.«
»Sie wird dem Jungen klarmachen, dass es keinen Sinn hat zu hüpfen.«
»Weil die Rüpel ja doch irgendwann ihre Strafe erleben.«
»Sieht aus, als ob sie direkt hinein geht.«

»Sie wird das Handy nicht fangen können, das nützt gar nichts, wenn drei es sich gegenseitig zuwerfen und zwei danach springen.«

»Sie will es wohl nicht unversucht lassen.«

»Vielleicht muss sie selbst betroffen sein, damit die Magie wirkt.«

»Oh. Gekonnt.«
»Aber war das klug? Jetzt hat sie zwei gegen sich.«
»Den zweiten hat sie mit einem Judo-Wurf zu Fall gebracht.«
»Stark.«

»Der dritte gibt das Handy zurück.«
»Er läuft davon.«
»Er hat verstanden, dass man das mit ihr nicht macht.«

Text und Bilder
von Bernd Zeller

Aktuelle Titel im Macchiato Verlag

Bernd Zeller: Endeffekte. Cartoons voller Gefühl und Nachhaltigkeit.
ISBN: 978-3-940721-08-2
EUR 22,40
Erschienen: Dezember 2009

Bernd Zeller: Endeffekte 2. Auf der Suche nach dem mysteriösen Geheimnis.
ISBN: 978-3-940721-09-9
EUR 22,40
Erscheinungstermin: September 2010

Unsere Vampire.
Dokumentiert von Bernd Zeller
ISBN: 978-3-940721-11-2
EUR 9,90
Erschienen: Juni 2010

Ein Leben für den Terror. Die offizielle Autobiographie von Osama bin Laden.
Dokumentiert von Bernd Zeller
ISBN: 978-3-940721-01-3
EUR 15,00
Erschienen: Oktober 2007

Bestellungen unter: **www.macchiato-shop.de**
oder **Fax.: 03641-607536**
oder über den Buchhandel